DISCOURS

Sur la *3ᵉ piéce*

CAMPAGNE

DE PHILISBOURG,

Commandée par

MONSEIGNEUR

LE DAUPHIN,

En Octobre & Novembre 1688.

A MONTBELIARD,

Chés JEAN MARTIN BIBER, Impr.

M DC LXXXVIII.

DISCOURS
Sur la
CAMPAGNE
DE PHILISBOURG,
Commandée par
MONSEIGNEUR
LE DAUPHIN.
En Octobre & Novembre 1688.

SOeurs du Dieu des Combats, dont le soin respecté
Consacre les Héros à l'Immortalité ;
Lovis, le Grand Lovis, ce Foudre de la Guerre,
Cét Arbître des Rois, ce Maître de la Terre,
Qu'õ voit sur vos Autels tout couvert de Lauriers,
Bientôt ne sera plus le plus Grand des Guerriers.
Un jeune Favory de Mars & de la Gloire,
Qui court dans les Hazars conduit par la Victoire,
De ce Roy sans êgal suit de si prés les pas,
Qu'il fait presque douter s'il ne l'êgale pas.
Quels sont vos sentimens, en voiant, qu'à son âge,
La Prudence chez luy le dispute au courage,

A 2

Et

Et qu'un culte sincere, au pied de nos Autels,

Le fait servir d'exemple aux plus sages Mortels ?

Que dites-vous enfin, & qui pourroit se taire ;

A ce coup surprenant, que son Bras vient de faire ?

Depuis qu'en une Barque, à la mercy des Vents,

Le Monde, en deux Mortels, se sauva dans vos
Champs ;

A quelque haut degré que la Vertu se porte,

A-t'on veu des Guerriers commencer de la sorte ?

Peuples, dont le repos & la felicité ;

A ce beau coup d'essay doivent leur sûreté,

Hors de crainte, écoutez, avec reconnoissance,

Le récit des Exploits faits pour vôtre déffence.

Ainsi que, desarmé, le plus puissant des Dieux
Donne, aprés la Tempéte, un doux Calme à
ces lieux ;

Le plus puissant des Rois, suspendant son Tonerre,

Se plaisoit à donner le repos à la Terre ;

Et son Cœur genereux, negligeant de dompter

Un reste d'Ennemis, qu'il pouvoit surmonter,

Les laissoit respirer au gré de sa Clémence ;

Quand son trop de bonté causant leur Insolence,

Ils osent menacer le Bras victorieux,

Qui prés de les détruire avoit eu pitié d'eux :

Tel

Tel qu'un Monſtre, qu'un coup a laiſſé ſans courage
S'il n'eſt pas achevé, ſent revenir ſa rage.

Quelque Alectô, verſant ſon poiſon dãs leur ſein,
Par ſes noires vapeurs y forma ce deſſein.

D'un Complot criminel, leur couroux ſe prepare
A paſſer, dans ſix mois, l'Onde qui nous ſepare;
Et laiſſant les horreurs de leurs triſtes Frimas,
Se promet d'inonder nôs aymables Climas.
Ciel, ne permettez poît, que ſortant de leurs nêges,
Ils profanent ces lieux de leurs mains ſacriléges,
Et que jamais leurs pieds ſe portent impunis,
Sur le ſacré Terroir, où fleuriſſent les L y s.
Quelle aveugle fureur, dans leur ame inſpirée,
Les oblige à cercher une perte aſſûrée?
Tu formes un projet de toy-même ennemy,
Hydre, n'éveille pas un Hercule endormy.

Déja de leur deſir les Trames temeraires,
Avoient jetté l'effroy dans les Ames vulgaires;
Èt leurs Fauteurs ſecrets, dans des diſcours jaloux,
Par avance, en tous lieux, nous livroient à leurs coups:
Lorſque le Grand Lovis, de qui la Prévoyance
Regle tout & fait tout, avec tant de prudence,
Se voit enfin contraint de perdre ces Ingrats,
Ou de laiſſer troubler la Paix de ſes Eſtats.

Il gemit : mais forcé de les réduire en poudre,
Il en charge son Fils, & luy donne son Foudre.

Ce Genereux Aiglon, sans paroître étonné,
Imite en le prenant, celuy qui l'a donné;
Et le sçachant d'abord manier de la sorte,
Fait bien voir, qu'il est Fils de celuy qui le porte.
Tous les Cœurs sont saisis de mouvemens secrets,
L'Univers en suspens en attend les effets.
Il part, & secondé d'une Illustre Noblesse,
Il vole où le Devoir & la Gloire l'adresse.

Qu'il faisoit beau le voir, dans sa noble fureur,
Imprimant à la fois l'Amour & la Terreur,
Et sans interroger le Destin des alarmes,
Decidant par son Air, du succez de ses armes!
Tel avec ses Héros, l'Illustre Fils d'Eson
Partit, sûr d'enlever l'Eclat de la Toison.
Tel fut Agamemnon, lors qu'il alla détruire
De l'injuste Priam le téméraire Empire.
Ou, pour en mieux parler, Achille, Agamemnon,
Et ceux dont la Colchide a celebré le nom;
Quoique tous à plaisir fais au gré de la Fable,
N'auroient pas égalé ce Prince incomparable.

Sous un Maître, pareil le Cheval glorieux
A l'Ecume à la bouche & le feu dans les yeux.

A la

A la main qui le guide il eſt pourtant docile:
Caſtor à le dompter paroîtroit moins habile.
Pégaze au Cavalier voyant un Air ſi bon,
Rougit, au Ciel, d'avoir porté Bellerophon.
Xante, laiſſant Achille, à luy ſe viendroit rendre.
L'orgueïlleux Bucephal quitteroit Alexandre.
Et dans le champ de Mars, Cyllare, ſous ſa main,
Au mépris de Caſtor, voudroit mordre le frein,
    Dans le triſte Clima d'une froide Contrée,
Dont l'Hyver ſeul pourroit interdire l'entrée,
Où, ſous le noir couvert des nuages épaix,
Qui ſouvent du Soleil en détournent les trais,
Le Rhin, déja laſſé de ſa courſe rapide,
Se repoſe & s'endort, dans une plaine humide,
Sur un Tertre, s'êleve un Poſte de renom,
Que Philippe autrefois honora de ſon nom,
Et que Lovis le Grand, par un art admirable,
A tout autre qu'à ſoy voulut rendre imprenable.
La Nature y mêla des ſoins preſque inouïs.
Tout, juſqu'à la Nature, obeït à Lovis.
Un Fleuve & des Marais à l'entour ſe répandent,
Des Rempars orgueïlleux vers la plaine s'étédent,
Qui s'êlevant au Ciel, comme un vaſte rocher,
En font un lieu, dont Mars ne pourroit approcher.

Là s'en va le Guerrier, que Pallas accompagne;

Et si tôt qu'on le voit paroître en la Campagne,

De cent Bouches d'airain, ces Boulevars affreux

Versent, parmy les Eaux, mille torrens de feux.

Les Taureaux sur Jason poussoient de moin-
dres flammes ,

Quand Medée eut recours à ses Charmes infames;

Les feux, que les Dragons vaincus par des Héros

Ont versés quelquesfois sur la face des Eaux.

N'avoient rien de pareil à la fureur soudaine,

Dont Philisbourg troublé battit l'Onde & la
Plaine,

Le Vésuve agité d'un vaste tremblement,

Dégorge dans la Mer un moindre embrasement.

Et le Géant, qu'Etna sous ses Roches outrage,

Vomit contre le Ciel moins d'horreur & de rage.

Que dirons-nous encor? C'est peu que ces
Braziers:

Les Dieux dans ce Païs Protecteurs des Foyers,

Mais, contre un tel Vainqueur, Protecteurs inutiles

Font tomber tant de flots sur les plaines fertiles,

Que dans l'Eau le Soldat presqu'à demy noyé,

Enfonce dans la fange & s'enterre à moitié.

L'œil confus ne sçauroit discerner à son aise,

Si la Terre est un Lac, ou bien une Fournaise.

Ou

Où pourroit-on trouver des termes affez forts,
Pour faire conçevoir les genereux efforts,
La prudente conduite & l'intrepide audace,
Qui triomphe, en ce temps, d'une pareille Place?
Mufe, vous-même icy remplifiez ce devoir:
Un fi hardy deffein furpaffe mon pouvoir:
Et le refpect me dit, qu'une Bouche mortelle
Ne fçauroit tant ofer, fans être criminelle.
Si quelqu'autre que vous tente un fi grand fujet,
Fourniffez un Efprit digne d'un tel projet:
Qu'il fe fente animé d'une flamme Divine:
Et qu'il foit tel, au moins, qu'Apollon, ou Racine.

O! qui pourra porter au bout de l'Univers,
Par un jufte récit, ces miracles divers?
Qui, jufqu'au Firmament, pourra les faire entendre
Ces explois, que les Dieux feront jaloux
d'apprendre?
Déeffe, dont la voix va de la Terre aux Cieux,
Qui nuit & jour ouvrez cent Bouches & cent yeux,
Et qui feule pouvez faire en tous lieux connoître
La valeur, que LOUIS jour & nuit fit paroître;
Quoique vôtre deffaut foit toûjours d'augmenter
Les grandes Actions, qu'on entend raconter;
Craignez à fon êgard de n'en pas affez dire:
Vos cent Bouches pourront avec peine y fuffire.

Au-

Authentique témoin de ſes brillans ſuccez,
Toy, qui n'as reſſenti ſon Bras que de trop près,
Germain, Peuple Guerrier, autrefois indomptable,
Aux forces d'Orient encor ſi redoutable,
C'eſt en vain que pour toy, contre un pareil Héros,
La Terre arme des feux & l'Air verſe des Eaux;
Elémens conjurez, nul de vous ne l'arrête:
Par les flots & les feux il vole à la Conquête:
Il frape, il briſe, il brûle; & plus pront qu'un êclair,
Il triomphe des Eaux, de la Terre & de l'Air.
L'Oreille, que le bruit de ſes Foudres êtonne,
Ne ſçait ſi c'eſt Lovis, ou Jupiter, qui tonne.
Ce Dieu fit moins pleuvoir de Globes enflamez.
Sur les Fils de la Terre en leur Mere abî nez.

Jupiter jeune encor, juſtement en colere,
Contre les Ennemis du Roy des Dieux ſon Pere,
Sous mille affreux Carreaux abîmant les Titans,
Fut, pour ſon coup d'eſſay, le vainqueur des Géans:
Et le jeune Lovis à Jupiter ſemblable,
Par un zélé pareil comme luy redoutable,
Içy domptant un Peuple, à qui tout cede ailleurs,
Eſt pour ſon coup d'eſſay, le Vainqueur des
   Vainqueurs
Son Invincible Pere en fit-il d'avantage,
Lors qu'à ſes pieds le Rhin, le Danube & le Tage
        Vin-

Vinrent tous trois enfemble, abbatus & deffais,
Au nom de l'Univers luy demander la Paix?

 Au retour des Zephirs, quand la pouffiere vole,
Et qu'on peut, dás le Pré, dormir fur l'herbe molle;
Qu'alors à découvert l'on campe au cháp de Mars,
Qu'on livre des Combats, qu'on force des rempars:
Je le comprens affez, c'eft un commun ufage :
Máis pendant que l'Hyver vient exercer fa rage,
Dans l'Onde & le Limon avancer des Travaux,
Marcher, camper, combattre, & vaincre dans
   les flots,
Tandis que l'Ennemy, paré feul de l'injure,
Ne fent point les rigueurs d'une Saifon fi dure,
C'eft ce que ma raifon ne peut trop admirer.
 A l'abord des Frimás tout fçait fe retirer :
Les Oifeaux dás les Bois ne fe font plus entendre;
Les Fleurs cachent l'éclat de leur feuïllage tendre :
Tout cede; & la Nature, en fa morne langueur,
Se dérobe elle-même à fa propre rigueur.
Alors Nôtre Héros commence fes Campagnes.
 Quand Iris fait tomber fes flots fur les
  Montagnes,
A l'injure du tems les Ours accoûtumez
Se tiennent à l'Abry, dans un antre enfermez;

         Le

Le Loup fous le Rocher paffe la nuict entiere ;
Et le Renard tapi deméure en fa tanniere.
Lovis marche pour lors, rien ne peut dêtourner
Un courage, que rien ne fçauroit êtonner.

France , quand verrons - nous ta grandeur
abbatuë ?
Par tes fiers Ennemis quand feras-tu vaincuë ?
Quand l'Ocean, rebelle aux Arrêts du Deftin,
Voudra reçevoir l'Ourfe en fon humide fein
Ou que, doublant le jour, pour un repas encore,
Le Soleil à midy fera naître l'Aurore.

A prefent, qu'en bon ordre on voit rouler lesCieux,
Et que Lovis le Grand comande en ces bas lieux ;
Quelle valeur pourroit, ou forcer, ou dêtruire
Ceux, que Lovis Augufte aura foin de conduire ?
Leur chef parmy les Rangs eft le premier Soldat.
Son Cœur fçait animer fes Guerriers au Combat.
Son extrême Bonté les protége & les ayme.
Il les êpargne tous fans s'êpargner luy-même.
Mille fois en peril, au feu de tant de Forts,
A peine a-t'il conté trois centaines de morts.
C'eft à luy d'enfeigner l'art de vaincre fans peines:
On doñeroit, pour moins, des leçons aux Tureñes.
Heureux celuy qui peut, en courant au danger,
Luy prodiguer un fang, dont il eft ménager.

Vertus, augmentez-vous, sous ce genereux Maître;
Selon vôtre mérite il sçait vous reconnoître:
Mais l'or dont il vous paye est un moindre Trésor,
Qu'une estime à priser mille fois plus que l'Or.

On le sert avec joye : & sa vive Jeunesse,
Qui joint tant de Bravoure avec tant de sagesse,
Loin de diminuer de la soûmission,
Augmente le respect, par l'admiration.

Le nôbre des Soldats aux plus grands Capitaines
Coûte ordinairement tant de soins & de peines:
Lovis doit-il marcher, c'est à qui le suivra:
L'embaras de choisir est le seul qu'il aura.
Quelles dents de Dragons, dans la plaine semées,
Luy produisent d'abord tant de Troupes armées?
Dans quel Chêne enchanté naissent ces Legions,
Qui des Champs ennemis couvrent les Regions?
Le Rhin, dit-on, se plaint d'être nôtre frontiére,
Le Rhin, qui des Cesars termina la carriére:
Qu'il ne se plaigne plus : bientôt, au lieu de luy,
L'Elbe & l'Oder seront ce qu'il est aujourd'huy,
Estonnez, au delà des Plaines Holandoises,
De voir couler leurs Flots sur des Terres Françoises:
Et le Danube ira briser ses vains efforts
Au pied des Fleurs de Lis, qui croîtrôt sur ses bors,
                                        Qu'il

Qu'il va faire en tous lieux redouter son
Tonnerre!
Mars apprendroit de luy le métier de la Guerre;
L'Amour, le doux fecret de fe faire cherir,
Et Jupiter, celuy de fe faire obeïr.

Son ardeur & fon air, dans ces premiers
Vacarmes,
N'ont pas fait moins briller de pouvoir & de
charmes,
Qu'en fon commencement, en a l'Aftre du jour,
Quand pour vaincre la Nuit fon beau feu de retour
Met en fuite l'horreur des Ombres languiffantes,
Et chaffe devant luy les Etoilles mourantes.

Nymphes, qui luy trouviez tant de grace
& d'attrais
En le voyant chaffer dans nos fombres forêts;
Si vos yeux ont fuivi fon augufte Perfonne,
De l'Employ de Diane à celuy de Bellone,
Que fentoit vôtre Cœur, lorfque vous le voyïez,
Dans des Champs ennemis d'un Deluge noyez,
Approcher librement d'une fi forte Ville,
Et forcer fes Rempars, d'un coup auffi facile,
Qu'en nos Bois, l'autre jour, fur un fougueux
Courfier,
Son Sabre étincelant foudroyoit un Sanglier?
Ce coup n'eft point l'effort d'un Courage ordinaire,
Qu'une faillie éleve au deffus du Vulgaire,

Ou

Ou d'un Prince indolent, nourri dans les Pavots,
Que l'Ennuy quelquesfois fait fortir du Repos:
Sans fommeil, à Cheval, paffer les nuits entiéres,
Dépeupler les forêts des Bêtes les plus fiéres,
Qui d'Hercule ont été les glorieux Travaux,
Dans la Jeuneffe ont fait les jeux de ce Héros:
Et par un fort heureux, le jour qui l'a vû naître.
De cent fameux Rempars l'a vû fe rendre Maître:
Tour charmant du Deftin! Qu'ô ne me vante plus
Des Serpens furieux par un Enfant vaincus.

Les Princes les plus grands ne furent point
fans vices:
Le vaillant Hannibal ayma trop les délices;
Le déffaut de conduite a fait des mal-heureux:
Pour un Guerrier, Antoine étoit trop amoureux:
Xerxes étoit puiffant, mais il étoit timide:
Cefar étoit parfait, s'il n'eût été perfide:
Auguſte fut l'honneur de l'Empire Romain,
Mais pour fe faire Auguſte il devint inhumain:
Alexandre fut grand, mais il fut temeraire:
Lovis a les vertus, & n'a point leur contraire:
Il eſt fage & prudent, mais fans timidité:
Son extrême Valeur eſt fans témérité:
Avec exactitude à fes devoirs fidéle',
Pour fon Dieu, pour fon Roy, rien n'égale fon zéle:

La

La Fortune fléchit au gré de ses Desirs:
Son Cœur ne fut jamais esclave des Plaisirs:
Pour soy, dans les travaux, toûjours inexorable,
Aux autres, toûjours doux & toûjours favorable;
    Ciel, qui rens avec luy nôtre sort fortuné,
Que tu nous as cheris, quand tu nous l'as donné!
Obligez sans mesure à ta Main liberale,
Nous en remercions ta Bonté sans égale.
Si son Ame, formée à l'envy des Héros,
A leurs perfections sans avoir leurs deffauts;
Par un digne loyer, que ta justice fasse,
Qu'il ait tout leur bon-heur, exempt de leur
                disgrace.
Que la Parque luy file un long cercle de jours,
Dont ta faveur constante enrichisse le cours.
Qu'un beau commencement avec gloire finisse.
Que sa fin, pour mieux dire, un si beau sort fleurisse
Qu'à ses loix les Mortels s'offrent de toutes parts;
Et que sans qu'il s'expose à de nouveaux hazars,
Craint, aussi-bien qu'aymé, dás une Paix profonde,
Son Nom acheve seul la conquête du Monde.
    Contre ce demy Dieu, temeraires Mortels,
Vous formez vainement des desseins criminels:
Elevez des rempars: bâtissez des murailles:
Rangez de tous côtez des Soldats en batailles:

Qu'un nouveau Philisbourg renaisse encor pour
vous:
Que l'Enfer, s'il se peut, serve vôtre couroux:
Malgré tous vos efforts & tout vôtre artifice,
Vous n'assurerez point d'azile à l'Injustice:
On verra succomber l'Envie à la Vertu:
Et si pour vôtre Cœur de rochers revêtu
L'Equité seulement conservoit quelques charmes,
La cause de Lovis triompheroit sans armes.
Germains portez vos coups contre les Ottomans:
Les Dieux seront François, contre les Allemands.
Mars en rêpond luy-même, & jurant l'Onde noire,
Il en prend à témoin cette insigne Victoire.
Quoi ! dit-il, à forcer Philisbourg moins d'un mois !
Belgrade moins munie en a resisté trois.
La Saison cependant favorisoit les armes
Des Princes conjurez, qui causoient ses alarmes:
Le Genereux Guerrier, qui triomphe aujourd'huy,
Est seul, & voit encor la Saison contre luy:
Mais la vaine Saison ne s'est pas souvenuë,
Qu'il est Fils d'un Heros qui l'a cent fois vaincuë.
Philisbourg en vingt jours ! Aux plus grands
Conquerans,
Sous le Maître qui l'a, je le donne en vingt ans.

B   Ainsi

Ainsi parle en tous lieux le grãd Dieu de la Guerre,
Et ce Siége avec luy surprend toute la Terre.
Mais quelqu'un sur ce point est injuste. Qui donc?
L'Amour seul, qui se plaint, & l'a trouvé trop long.
J'ay vû l'Amour en pleurs, assis au pied d'un hestre,
Point d'Arc, point de Flambeau.   Moy, sans le
                    reconnoître,
Mais touché de luy voir le visage abbatū ;
Qu'avez-vous, beau Mignõ? &, qui vous a battu?
Luy dis-je en l'approchant : parlez sans deffience,
Et de vôtre chagrin faites-moy confidence.
Luy, sans me regarder, mais toûjours murmurant,
La main sur ses beaux yeux, disoit en soûpirant.
Destin, fâcheux Auteur de ma douleur cruelle,
Quand termineras-tu cette absence eternelle?
Depuis que mon Héros a quitté ce sejour,
Un Siécle s'est passé, sans parler de retour.
    (A l'Amour, enflamé par une ardeur extrême,
C'est un Siécle qu'un mois, & souvent qu'un jour
                    même.)
    C'est peu, dit-il, d'un Siége à mes vœux si fatal ;
Il va chercher encor Manheim & Frankendal.
O les barbares lieux, que je connois à peine,
Et de qui les seuls nõs me mettent hors d'halaine!
                                    Au

Au moins ſi la Saiſon, propice à mes deſirs,
Me permettoit d'aller ſur l'aîle des Zephirs ;
Je pourrois eſſayer, le ſuivant à la Guerre,
D'apprivoiſer ma Flame avecque ſon Tonnerre:
Mais le froid Aquilon, ennemy de mes Feux,
Depuis qu'il eſt parti, regne en ſes triſtes lieux:
Loüis ſeul peut marcher, dont la guerriére Audace
Surmonte également & la flame & la glace:
Et quand ſur l'Aquilon, je me verrois porté,
A peine je ſuivrois ſon cours précipité.
J'accuſe toutesfois, au gré de ma tendreſſe,
La lenteur du retour, malgré tant de viteſſe.
C'eſt vainement qu'on voit revenir les Frimas,
Si leurs Froids inhumains ne le ramenent pas.
Mais que me ſert d'offrir mes douceurs à ſon ame,
Lors qu'il va preferer, des glaçons à ma flame?

    A des diſcours pareils, ſortant de mon erreur,
Je reconnus l'Amour : & ſaiſi de frayeur,
Sçachant quels ſont les jeux de ſa main criminelle,
Je craignois pour mon cœur quelque atteinte
        infidelle;
Lors qu'on voit arriver ces Guerriers genereux,
Et la Gloire en ſon char, qui marche devant eux.

Il s'envole auſſi-tôt, d'une ardeur incroyable,

Auprés du Chef charmant de cette troupe aimable.

Les Jeux & les Plaiſirs d'abord ſuivent ſes pas.

En quelque part qu'il aille il rêpend mille appas.

Sa gaité ſe reſſent par toute la Nature.

Le Ciel ſemble en verſer une clarté plus pure.

Les Champs ſont êmaillez d'éclatantes couleurs:

Et malgré les frimas, la Terre offre des Fleurs.

En tous lieux dans nos Bois, on prepare des Fêtes.

A 'danſer ſur le Pré les Naïades ſont prêtes.

Les Driades du Cor font entendre la voix;

Elles tendent déja des toilles dans les Bois:

Et parmy ces objets remplis de mille charmes,

Ce Héros deſarmé, donne encor des alarmes.

D'attrais moins glorieux Alcide étoit orné,

Quand Déjanire vit Achelois êcorné.

Et Phebus fut moins beau, qu'à ſon êclat ſuprême,

Aprés Python vaincu, fit jaloux l'Amour même.

Venez, brillant Vainqueur, venez, à ce retour,

Oublier vos travaux dans le ſein de l'Amour.

Monarque fortuné , de qui l'auguſte Image

E'clate dans ce Fils, avec tant d'avantage,

Et qui ſans ce Portrait, qu'on admire en tous lieux,

N'auriez rien de ſemblable, ailleurs que chez les

Dieux;

Quel

Quel bonheur pour un Pere, & quelle joye extrême,
De se voir si parfait dans un autre soy-même!
Quel heureux sort pour nous, qui vivons sous
vos loix,
De pouvoir, au besoin, avoir tout à la fois,
Un Héros dans l'Estat, pour gouverner la France,
Un Héros au dehors, pour prendre sa deffence;
Et voir en même temps, dans le Pere & le Fils,
Lovis le Grand chez nous & chez nos Ennemis.
     Vous, qui l'avez rempli d'une vertu sincére,
Illustre Gouverneur, Montausier, second Pere,
Dont les Enseignemens ont formé ce grand Cœur,
Que nous pouvons nomer nôtre second bonheur;
C'est à vous que Lovis, c'est à vous que la France,
Doit le succez heureux de cette ressemblance.
S'il est, comme son Pere, humain, pieux, Guerrier,
C'est du second qu'il tient ce qu'il a du premier.
     Sans sortir de vous-même & de vos seuls
exemples,
Vous pouviez luy fournir des leçons assez amples:
Mais vous avez trouvé parmy les Fleurs de Lys,
Le Modele parfait des Héros accomplis;
Et joignant à l'adresse un soin infatigable,
Vous en avez tracé l'Image inimitable.
     Le voyant revenir glorieux & vainqueur,
Se peut-on figurer l'état de vôtre Cœur,

B 3   Jusques

Jufqués où vôtre ardeur a pû porter fa flame,
Et quel plaifir fecret a penetré vôtre Ame,
De voir tant de Confeils fi fagement donnez,
Par ces premiers explois, dignement couronnez ?
Sûr d'un fi beau fuccez & de tant de merite,
A vôtre Petit-Fils, qui va fous fa conduite,
Vous ne prefcrivez rien, pour l'inftruire aux
        Combats,
Que de fuivre un tel Maître & d'adorer fes pas.
Son Ame à ce Confeil fe porte la premiere :
Revenant, comme il fait, de voir l'Europe entiére,
Il connoit par luy-même, il a vû par fes yeux,
Que ce Héros n'a rien de pareil fous les Cieux.
Tout fon zéle eft pour luy : tout fon foin l'étudie :
Plus il en eft charmé, mieux fon Bras le copie.
Ayeul chéri du Ciel, vous voyés vôtre Sang
Digne de vos Vertus & digne de fon rang.
Par des trais fi brillans de Cœur & de Prudence,
Il paroît qu'il eft né pour honorer la France,
Eclatant quelque jour aux yeux de l'Univers,
A la tête des Ducs, le premier de fes Pairs.
    Beaux Rejettons des Lys, jeunes & nobles
        Princes,
Frayeur des Etrangers, Efpoir de nos Provinces,
Qui devez imiter ce Pere à vôtre tour,
Augufte & triple fruit de fon fidéle Amour ;

On ne sçauroit trop tôt aux ames heroïques,
Montrer de la Vertu les traces magnifiques.
Vous devez, sur ses pas attachant vos regards,
Le suivre, au moins de veuë, au milieu des hazars:
Vous sur tout, Prince heureux, pour qui, presqu'à
                    vôtre âge,
Il fut chez l'Ennemy cercher un Apennage:
Vous n'estiez pas encor, que la Saone & le Doux
L'ont vû faire déja des Conquêtes pour vous.
Mais vous êtes son Fils , & c'en est assez dire.
Au Feu qui vous anime, à cet Air qu'on admire,
Je voy dans vôtre Sein briller le Sang des Dieux,
Et reconnois le Pere & l'Ayeul dans vos yeux.

Mere de ces Amours, Princesse Jeune & belle,
Plus que Venus cherie, & plus aymable qu'Elle,
Seule digne d'un Prince aussi digne de vous,
Pour qui vôtre mérite a des charmes si doux,
Vous l'honeur des Climas, dõt il s'est fait coñoître,
Et l'admiration, de ceux qui l'ont fait naître;
Jouïssez à loisir de l'aymable bonheur
D'achever dans vos Bras la gloire d'un Vainqueur,
Et de voir vôtre Amour, partageant sa Conquête,
Joindre un Myrte aux Lauriers , qui couron-
                    nent sa Tête.

De.

De Grâce, en même tems, Magnanime Héro
Laiſſez remper ce Lyerre autour de leurs
Rameaux.

Hors du Combat, l'on dit, que le Dieu de la Thrace
Alloit ſe repoſer, dans les Bois du Parnaſſe ;
Et ne dédaignoit pas, à l'ombre d'un Buiſſon,
De dormir quelquesfois au bruit d'une Chanſon.
Quel bonheur pour nos Chants, ſi le Mars de la
France,
Qui de celuy de Thrace égale la vaillance,
Déja ſemblable à luy par tant d'endroits divers :
Luy reſſembloit encor par l'amour de nos Vers,
Luy, qui s'il ne cachoit les faveurs du Permeſſe,
Pourroit rendre jaloux l'Oracle de la Grèce ;
Et que ſur l'Hélicon, l'on verroit dans les Rans,
Ce qu'on le voit içy, parmy les Conquerans.

F I N.